Il ne manque plus qu'un peu de vent...

Splat a mis le ventilateur à fond.
Il y a des plumes partout !
– Oh, non ! se lamente-t-il.

Splat
attend la neige

D'après le personnage de Rob Scotton

Nathan

– Maman, quand est-ce qu'il neige ?
demande Splat.

Il guette les flocons par la fenêtre.
Il rêve de faire un énorme chat en neige.

Mais Splat attend, attend, et la neige ne tombe toujours pas.

Alors, il a une idée de génie.
Puisque la neige ne veut pas tomber,
il va en fabriquer !

« La neige, c'est froid et mouillé », se dit Splat.
Il prend des glaçons et les met dans un bol.

– La neige, c'est blanc et tout léger, ajoute Splat.
Il prend les plumes de son oreiller et les met dans le bol.

COMMENT FAIRE DE LA NEIGE
LA NEIGE FACILE

– On ne peut pas faire tomber la neige,
tout le monde sait ça, lui dit sa petite sœur.

Splat est tout triste.
« Est-ce qu'il va finir par neiger ? »
se demande-t-il.

– Je sais ! s'exclame-t-il d'un coup. Si je pense très fort à la neige, peut-être qu'elle tombera !

Splat met son gros manteau. Il sort son traîneau
et prépare ses canards pour qu'ils le tirent.

– On est prêts ! dit Splat. Allez, la neige, tombe !

Splat attend.

Il attend encore.

Et voilà, il neige !

Mais les flocons sont minuscules.

« Bon, se dit Splat, il ne neige pas assez pour faire du traîneau. Mais je peux faire un chat en neige ! »
Splat commence à rassembler de la neige.

La petite sœur de Splat vient l'aider.
Elle ajoute un ruban sur la tête du chat de neige.
– Maintenant, c'est un mignon petit chaton,
comme moi !

Splat et sa petite sœur essaient de faire
une bataille de boules de neige. Mais il n'y a pas
assez de neige et, bientôt, il fera nuit.

– C'est l'heure de manger, il faut rentrer !
crie leur père.
Splat n'a pas faim. Il n'arrête pas de regarder
par la fenêtre.

Puis le vent commence à souffler.
La neige commence à tomber...

et à tomber encore...

et encore !

Splat et sa famille restent bien au chaud.
Ils font griller des guimauves dans la cheminée.
Ils font des ombres avec leurs pattes
et se racontent des histoires toute la nuit.

Le lendemain matin, tout est recouvert de neige.
Splat fait le plus beau chat en neige du monde.
Bravo, Splat !